AF272337

# SKRÆMMENDE HISTORIER

2011 Gitte Victoria Lesmark. 1. oplag.
Forlag: Books on Demand GmbH, København,
Danmark
Tryk: Books on Demand, Norderstedt, Tyskland
ISBN 9788771142938

# LILLEBROR

Pernille satte sig med et sæt op i sengen.
Hun havde hørt en mærkelig lyd.
Månelyset skinnede svagt ind gennem de
blomstrede gardiner og oplyste værelset i et
sælsomt, natligt skær. Hun kastede et blik på
uret. 02.34.
Der var lyden igen! Hun hørte sin mors
stemme og slappede af. Det var bare
Jesper, der var vågnet.
Hun kunne ikke vænne sig til at være blevet
storesøster. Jesper var en rigtig efternøler,
14 år yngre end Pernille. Hun havde været
familiens forkælede yndling, bedstefor-
ældrenes eneste barnebarn. Hendes
forældre havde altid ønsket sig et barn mere,
og nu var det kommet. Nu skulle hun dele

5

alting med ham, værst af alt, opmærksom-
heden. Pernille blev nemt jaloux.

Hun kunne ikke lide ham. Den første gang
hun så ham, havde hun fået ondt i maven og
lyst til at løbe skrigende bort.
Han var så grim! Næsen var alt for stor, for
stor til et spædbarn, og også kroget. Hans
øjenbryn var tykke og voksede næsten
sammen over den store næse. Pernille
syntes han havde et ondt blik i de mørke
øjne.
Hendes forældre var henrykte og mente at
han var verdens sødeste baby.
Da hun fik lov til at holde ham på
fødegangen, stak han i et højt hyl. Han skreg
i vilden sky og tav ikke før han var kommet
over til moderen igen. Pernille havde næsten
tabt ham, så forskrækket blev hun!
Han lærte hurtigt at gå. Allerede i en alder af
syv måneder vraltede han rundt på egen
hånd, og da han var lidt over et år, havde
han endda lært at tale, så man kunne forstå
det nogenlunde. Der var ord som "moa" og
"ja!"
De kaldte ham et vidunderbarn. Men Pernille
syntes stadigvæk han var grim. Om end ikke
blev han,som tiden gik, *grimmere*.

Pernille vågnede næsten hver nat. Hun
syntes, hun hørte lyden af små fødder
passere hendes dør. De kom nede fra

6

Jespers værelse og forsvandt ud på trappen til haven. Hver gang lå hun, stiv af skræk, i sin seng og turde ikke røre på sig.

En dag, da hun kom hjem fra skole, lå der et stykke papir på hendes skrivebord. Der stod kun et ord derpå: "DØD." Det var skrevet med en sjusket skrift og rød blyant.
Hun stirrede længe på det. Hvem havde skrevet det? Der havde kun været moderen, hjemme med Jesper, for han var syg og sov det meste af tiden.
"Mor!" råbte hun med afsky i stemmen, "kom herop nu!"
Moderen kom op af trappen. "Hvad er der?"
"Se lige det her stykke papir" sagde Pernille og tog beskeden op uden selv at kigge på den.
"Ja?" spurgte moderen. "Ja?" Var det alt hun kunne sige? "Et stykke papir?"
Pernille rystede over det hele og havde klæbrige håndflader.
"Tror du ikke, du skulle lægge dig lidt, skat? Du er vel heller ikke ved at blive syg? Du ser ikke rigtig frisk ud!"
Pernille sukkede, vendte papiret om, og kiggede på det. Det var blankt.
Hun var sikker på, hun kunne høre Jesper grine, med han lå jo og sov!

Et par uger senere kom hendes far ind i stuen, hvor hun sad og så Paradise City.

7

"Hvor mange gange har jeg sagt til dig at du skal rydde op efter dig selv? Hvorfor ligger dine skolebøger spredt ud over hele køkkenet?"

"Hele køkkenet?" Hun rejste sig og gik derud.

Hendes skoletaske lå midt på spisebordet og alle bøgerne var smidt ud til alle sider. Det så ud som om en tornado havde hærget.

I håndvasken lå hendes geografibog, godt gennemvædet. Der var små tandmærker i hendes matematikhæfte, der befandt sig i mikroovnen. Lektiebogen var placeret i blenderen.

"Hvorfor har du gjort det her? Det er ikke normalt!" sagde faderen.

"Men..." kunne Pernille kun stamme. "Det er ikke mig! Se, der er tandmærker i min matematikbog!"

"Ja, ja" sukkede faderen, "bare sørg for at holde dine ting væk fra Jesper. Se nu at få ryddet op, inden mor kommer hjem."

Pernille kunne ikke finde sit penalhus. Ikke før hun åbnede køleskabet, og der lå det i salatskuffen.

Om natten havde hun mareridt om babyer, der angreb hende med knive og smed små bomber efter hende. Jesper jagtede hende gennem hele huset og han bar en klovnemaske, der smilede grimt.

Hun vågnede tit med hamrende hjerte og var

sikker på, at hun kunne høre ham grine.

En aften, da faderen var på arbejde, sagde moderen: "Kan du ikke se til Jesper mens jeg går over til fru Clausen? Jeg har lovet hende at komme over med et glas rødbeder. Det tager ikke lang tid."
Pernille fik kuldegysninger, men inden hun kunne nå at svare, havde hendes mor iført sig jakke og var på vej ud af døren.
Jesper kravlede rundt i sofaen og legede med sine biler. "Gri, gri!" sagde han og smilede. Han kiggede på Pernille, og hun troede, hun så det onde blik i hans øjne.
Hun vendte sig hurtigt om og gik ovenpå. Der kunne ikke ske noget ved at han var alene nedenunder, det havde han været så mange gange før.
Hun satte sig ind på sit værelse og prøvede at skrive videre på den stil, hun havde fået for i dansk.
Pludselig hørte hun et brag.
Hun fór op og kiggede hen ad gangen. Der kom en lille rød bold trillende hen imod hende. "Jesper?" sagde hun med dirrende stemme. Han lo. Hun var slet ikke i tvivl om det. "Hvor er du?" Hun fortsatte ned af gangen, mens hun kiggede ind i alle de værelserne. Der var intet spor af drengen. Da hun havde tjekket det hele efter, gik hun ned i stuen. Hun var så forvirret. Hvor var bolden kommet fra? Hvem havde sendt den

afsted? Hun havde været alene på
førstesalen!
Der var ikke noget usædvanligt i stuen.
Jesper sad stadigvæk i sofaen, og der var
ikke noget, der var væltet.

Den nat havde Pernille mareridt igen, og da
hun vågnede, så hun Jesper stå i værelset.
Han havde en stor kniv i hånden og en grim
klovnemaske på. Pernille skreg, da han kom
nærmere.

Klokken var 02.34 da ambulancen kom.
Sygeplejerne sørgede for at spænde Pernille
godt fast i spændetrøjen og på båren, inden
hun, sparkende, blev kørt ind i vognen.
Hun stirrede tomt frem for sig og mumlede
noget uforståeligt volapyk.
Moderen stod med Jesper på armen, da
ambulancen forsvandt. Faderen var taget
med.
Jesper smilede over hele æsken og vinkede
til dem. "Farvel, farvel." sagde han, mens
hans leende blik fulgte den ud i mørket.

# SPEJLET

Dorthes oldemor var død, og hendes
forældre havde arvet det store spejl, der altid
havde hængt i hallen i oldemoderens villa.
Det var stort og tungt, rammen var af træ, og
der var udskæringer hele vejen rundt om det.
Vinranker, blade, trolde, fugle, blomster og
væsener med trekantede ører og lange
tunger. Dorthe syntes hun opdagede noget
nyt, hver gang hun kiggede på det.
Den aften, hun lagde mærke til, hvor sært
det egentlig var, var hun alene hjemme. Af
ren kedsomhed stod hun og lavede
grimasser foran spejlet, da spejlbilledet
pludselig rakte tunge af hende! Det havde
hun i hvert fald ikke selv gjort.
Forskrækket tog hun hænderne op til
hovedet. Spejlbilledet gjorde det samme.
Hun tog højre hånd ned til låret. Spejlbilledet

gjorde det samme.

I et par minutter stod hun helt stille. Der skete ikke mere usædvanligt.

Dorthe besluttede sig for at stoppe, mens legen var god og gå en tur med hunden i stedet. Måske havde hun set syner.

Da hun var ved at sætte håret den næste dag, tabte hun kammen inde i spejlet. Hun havde den stadigvæk i hånden, mens hendes spejlbillede bukkede sig ned, samlede kammen op, og stillede sig i samme position som hende.

Hun virrede med hovedet. Det kunne bare ikke være rigtigt! Ikke desto mindre havde hun svært ved at tro at det vat indbildning. Hun *havde* set det.

Hun skyndte sig at blive færdig og gå i skole.

"Jeg ved godt, det lyder mærkeligt" sagde Dorthe til sin bedste veninde, Martine, "men det spejl, vi har arvet fra min oldemor, har sit eget liv."

"Hvad mener du?" spurgte Martine.

Dorthe fortalte om sine oplevelser med spejlet, og hun sluttede af med at sige: "Jeg ved ikke, om jeg er ved at blive skør!"

Thomas kom gående bag dem: "Jeg har hørt, hvad du har sagt. Kender du historien om det forheksede spejl? Den handler om en dame, der fik et spejl af sin onkel, og tilsidst blev hun sindssyg, fordi det var fyldt med onde ånder, der gjorde som det passede

dem, når hun var i nærheden. Det var også sådan et med en stor, udskåret træramme!"
"Årh, luk låget! Lad være med at skræmme Dorthe med sådan nogle usandfærdigheder" sagde Martine.
De aftalte at Martine skulle med Dorthe hjem for at se spejlet.

Fredag aften var der linet op med slik, sodavand og dvd'er. Dorthe og Martine stod og lavede grimasser af spejlet, men det eneste, der skete var at de begge fik grineflip på grund af de ansigter, de kunne stille op.
De fik ingen ubehagelige oplevelser af det.
Da der var gået en halv time, gad de ikke længere, og gik ind på Martines værelse for at se film og spise slik.
Dorthe slappede lidt mere af, men Buster, labradoren, knurrede af spejlet, da Martine slukkede lyset i gangen, hvor det hang.
Der skulle gå flere måneder før Dorthe blev mindet om, hvor meget magt, spejlet egentlig havde over hende.

Indtil da havde ting bare været normale, og Dorthe var nu overbevist om at det havde været indbildning.
"Skynd dig" sagde Dorthes mor, "vi er allerede forsinkede!"
"Ja, ja" råbte Dorthe tilbage, inden hun tog hatten på. Den sad på skrå, mod venstre, men i spejlet sad den på skrå, mod højre.

Hun rystede på hovedet, og spejlet hoppede voldsomt op og ned.

Hun skyndte sig ud til bilen.

De kom sent hjem fra festen. Dorthe var træt og lagde sin hat på kommoden, inden hun kiggede ind i det halvt oplyste spejl foran.

Hun vendte sig om og ville gå i seng, men der var noget, der stoppede hende. Hun havde mast næsen imod et eller andet.

Hun mærkede hele vejen rundt. Der var lige pludselig dukket en usynlig væg op!

Hun så sit eget spejlbillede og faderen gå forbi hende inde i spejlet. Men han var ikke bag hende!

Hun så sin mor læne sig ind over kommoden og sige noget, men Dorthe kunne ikke høre ordene. Moderen var heller ikke ved siden af hende! Spejlet løj! Hun var alene i sit lille rum.

Buster gøede ind i spejlet, da hun så sit eget spejlbillede fjerne sig og gå op af trappen til hendes værelse.

Dorthe ville skrige, men der kom ikke en lyd ud af hendes mund.

# LEJRTUREN

"Vi skal på lejrtur i uge 22" sagde Hans,
Jakobs klasselærer, "vi har fået lov til at
campere ude på Dødemandssletten."
Jakob vendte sig imod sin ven, Matthias. De
smilede stort til hinanden.
Dødemandssletten var verdens bedste sted
at være på overlevelsestur. Det blev fedt!
"Maden laver vi på bål, også skal vi ellers
bare igennem en masse prøver og løb"
fortsatte Hans, "der er præmier, til dem, der
klarer sig bedst."

Jakob proppede sin sovepose ned i tasken.
"Mor, har du set mit regntøj?" spurgte han.
"Nej. Jeg ved ikke, hvornår du sidst har brugt
det."
Lettere irriteret rejste han sig og ville gå ned i
kælderen for at lede efter det dernede.
Det ringede på døren, og Jakob vendte sig
om for at åbne. Det var Matthias. "Er du

klar? Vi skal snart afsted!"
"Jeg kan ikke finde mit regntøj" sagde Jakob, mens han stoppede de sidste sokker ned til det andet tøj.
"Pyt med det. Jeg har et ekstra sæt, du kan låne. Vi kører bare hjem til mig og henter det inden vi tager ud på sletten."
Jakob sagde farvel til sin mor, og snart var han og Matthias på vej ud til lejrpladsen.

Poul var klassens tykke dreng, ham ingen gad at være sammen med, men selvfølgelig skulle han med på turen.
"Jeg håber ikke, det kommer til at vrimle med kryb denne gang" sagde han, da hans gruppe var ved at sætte bænke op.
De var blevet inddelt med fire elever i hver gruppe, og de havde alle fået en opgave at løse denne aften.
Matthias, Paul, Jakob og Richard skulle lave et spisebord og bænke af rafter og snor.
"Jeg kan huske, da vi var på camping i Østre Snede" fortsatte Paul, "de var overalt! I soveposerne, i toilettaskerne, i kufferterne, tøjet, maden." Han blev ved med at snakke, og Matthias skævede til Jakob. De sukkede begge indvendig og bad til at han snart ville holde mund. Der var ikke nogen, der var interesserede i at høre, hvad han havde at sige.

De fik kylling til aftensmad. Paul tog godt for

sig, og han lignede en lille gris som han sad der og fyldte i sig.

Jakob fnes, da Matthias trykkede sin næse flad og pegede på Paul.

Men han lagde også mærke til at lærerne slet ikke spiste noget. De sad i stedet og iagttog Paul.

Jakob vågnede den næste morgen og så sig om i teltet. De andre var oppe.

Han hørte lærerens trompet ude fra samlingspladsen og skyndte sig at komme i tøjet for at mødes med resten af klassen derude.

"Vi har været nødt til at sende Paul på hospitalet i nat" startede Hans med at sige, "han blev stukket af en bi, og der var ingen, der vidste at han var allergisk overfor bistik."

Der blev uro i geledderne og Jakob undrede sig. Hvorfor var der ikke nogen, der havde hørt noget?

"Rolig nu, rolig. Han er udenfor livsfare. Han var nede i skoven, da det skete, og det var derfor I ikke hørte noget" sagde Hans.

Var manden mon tankelæser?

Skoven lå et stykke fra lejrpladsen, så det var da en plausibel forklaring.

Dagen fortsatte med sjov og prøver.

Om aftenen ville lærerne dele præmier ud for en regneprøve, de havde haft tidligere på dagen. Jakob fik en tredjeplads og et stort tretal, lavet af papmache.

17

"Hvordan gik din regneprøve?" spurgte han Birgitte, da de sad og snakkede senere.
"Ikke så godt. Jeg havde 13 forkerte ud af de 15 spørgsmål. Lærerne sagde, jeg skulle hjem og øve mig lidt mere."

Den næste dag var Birgitte væk, og lærerne sagde, hun var blevet syg i løbet af natten. Hun var kommet ned i deres telt og havde bedt dem om at ringe til hendes forældre. De var kommet for at hente hende, men ingen havde hørt noget.
"Hun var meget svag. Vi kører hjem til hende med hendes ting senere i dag, for vi ville jo heller ikke vække hele teltet for at pakke dem sammen midt om natten, vel?"
Matthias kiggede på Jakob, der var nu var begyndt at blive en smule mistænksom.
To elever forsvundet, to nætter i træk? Jakob syntes det var meget mærkeligt.
Om aftenen skulle de på løb. Det var allerede ved at være dunkelt, da de fik udleveret deres kort og lommelygter.
"OK. I har alle fået forskellige ruter, så der er ikke nogen, der skal vente for at komme i gang. Det er sidste aften, så vi holder en stor fest, når I kommer tilbage" sagde Hans og så smilende hen imod den anden lærer. Måske var det bare mørket, men Jakob syntes han så... Sulten ud, måske?
De var tre spændte drenge, der gik ind i skoven, og mens Matthias lod lyskeglen fra

18

lygten glide hen over træerne, lavede de uhyggelige lyde.

Pludselig sagde Richard:"Ssshhh! Hørte I det? Det lød ligesom en, der skreg!" De blev stille, men det eneste der hørtes var en enkelt fugl der pippede og vindens susen i træerne.

"Årh, hold op" sagde Matthias, " det var da bare nogle af de andre, der laver lyde, ligesom os!" Han skubbede til Richard, og de løb grinende længere ind i skoven. Jakob fulgte efter.

Ved den første post skulle de finde planter, der kunne bruges til madlavning. De havde lært om det i biologi, så de vidste hvad der kunne bruges. "Vi finder dem bare på vej hen til den næste post" sagde Matthias og fortsatte ned af stien.

De gik længe uden at se noget til den næste opgave. Træerne var blevet helt tavse og lukkede nu tættere til over deres hoveder. Det var bælgravende mørkt. Matthias tog kortet frem. "Vi skulle ned af denne her sti til højre" sagde han og pegede på det.

Richard og Jakob gik hen til Matthias, da de hørte lyden af knækkende grene. Matthias sprang op og lyste med dirrende hånd hen over hele området. "Hallo?" sagde han. Intet svar.

"Jeg ved ikke med jer, men jeg vil altså ud herfra" sagde Jakob, "jeg ved ikke hvor mange timer vi har vandret rundt her. Lad os komme væk!"

De satte i løb i det samme øjeblik et mørkt væsen kom ud fra buskene. Det havde fæle, lange arme, der greb fat i Matthias og trak ham ind i underskoven.

Et andet væsen dukkede op længere fremme og fangede Jakob, mens Richard flygtede ind mellem granerne.

# 2

# OPTAGELSESPRØVEN

"Herremanden blev rig og fik en dejlig kone at leve sammen med. Han havde stor succes, og alle hans ønsker blev opfyldte, men han betalte også prisen for det. Djævelen kom og hentede hans sjæl, den dag han døde.

Tjenestefolkene kunne høre ham skrige og kæmpe imod. Der var en frygtelig larm inde fra værelset af, og da der endelig var blevet stille, og den første modige turde kigge ind, fandt de herremandens lig med rifter og sår over hele kroppen. Der var blod overalt. Siden dengang har det altid spøgt i det grønne værelse."

Klasselæreren lukkede bogen. Det ringede ud, og Jan pakkede sine ting ned i tasken. Det var en spændende historie, læreren havde fortalt.

Ude i skolegården stod kliken. De var fire drenge, der var sammen om alting, ikke kun om at lave ballade, men også om at hjælpe hinanden med lektierne.

Hvor ville Jan gerne være med i gruppen!

Om aftenen ringede det på døren. Det var Boris, der boede to blokke væk fra Jan.

"Hej Jan" sagde han, "må jeg låne din fysikbog? Jeg tror, jeg har glemt min oppe på skolen."

Jan tav et kort øjeblik, inden han svarede. Boris var klikens leder. Han var høj af sin alder og hans stemme var allerede meget dyb, mens de andre drenge i klassen stadig havde deres lyse, klare stemmer.

"Du ved, kliken..." startede Jan med at sige, "jeg vil egentlig gerne være medlem."

"Henter du bogen, før vi snakker om det?" sagde Boris, tog sin lommekniv frem, og begyndte at rense negle med den.

"Ja, selvfølgelig" sagde Jan og løb ned på sit værelse efter den.

"Tak" sagde Boris da Jan kom tilbage med den. "Så skal jeg nok snakke med de andre om din optagelse i gruppen." Han vendte om og gik ned af trappen og ud på gaden.

Tre dage senere kom Boris hen til Jan i spisefrikvarteret: "Du må godt være med i kliken, men du skal bestå en lille prøve, inden vi godtager dig helt. Det har vi allesammen skullet. Mød os inde ved kirken klokken kvart i tolv i nat."

Jan kom i god tid. Det var fredag. Hans forældre var i byen, og hans lillesøster overnattede hos en veninde, så der havde ikke været nogen hjemme til at spørge, hvor han skulle hen.
"Der er du!" råbte Boris, og vinkede ham over til gruppen, der stod under nogle træer lige ved siden af lågen til kirkegården.
"OK, hør her..." sagde han," Der er en legende, der fortæller, at du hidkalder djævelen, hvis du går tre gange baglæns rundt om kirken og derefter puster ind af nøglehullet. Vi vil gerne se dig gøre det. Tør du?"
Jan sukkede. Skulle han ikke gøre andet?
"Selvfølgelig! Barnemad!"
"Godt, så kom i gang. Du skal gøre det her ved midnat."
Jan havde svært ved at orientere sig og var ved at falde flere gange. Han var forpustet, da han bukkede sig ned for at puste gennem nøglehullet. "Så, nu har jeg gjort det! Jeg er meeeeedleeem!!!" "Kom frit frem!" Der skete ingenting. Der kom ingen djævel frem. Pure overtro!
Han ventede et par minutter. Kirkegården lå stille hen, og en enkelt cyklist kørte forbi ude på gaden.
Jan var lige ved at give op og gå hjem, da

der kom en skikkelse gående op til ham, nede fra parkeringspladsen. Han syntes bestemt at han kendte den lurvede gang, skikkelsen havde, og han var også ret høj. Det var Boris.

"Halløj, jeg er heroppe!" råbte han og vinkede med både arme og ben.

"Du har kaldt på mig. Hvad ønsker du?" sagde Boris med en bister stemme, da han var kommet tættere på.

"Nå, så han prøver at narre mig! Jeg kan da godt lege med på spøgen!" tænkte Jan.

"Jeg vil gerne...Lad mig se... Ti millioner kroner... En hest til min lillesøster...Også vil jeg også gerne..."

"Stop, stop, stop!" sagde Boris, "skriv under på, at du giver mig din sjæl, når du dør, og du kan få alt hvad du peger på indtil da."

"Wauv, han er god." tænkte Jan, da han blev rakt et gammelt pergament og en fjerpen. Inden han nåede at se sig om, havde Boris skåret ham i fingeren med lommekniven.

"Av! Hvorfor gjorde du det, dit svin?" råbte Jan.

"Hov, hov, sådan taler man ikke til mørkets fyrste! Det skal underskrives med dit eget blod." Jan syntes han så gnister omme bag den mørke hætte.

Der gik nogle fulderikker forbi ude på gaden, og Jan besluttede sig for at gøre hvad Boris sagde. Men bagefter skulle han få!

Boris rullede papiret sammen og var lige

pludselig væk. Jan havde kun kigget bort et kort øjeblik, og da han vendte sig om mod kirken igen, var han der ikke længere.

Jan ville gå hjem, men så hørte han stemmer: "Flot klaret, Jan! Velkommen i klubben!" To af medlemmerne kom gående hen imod ham. Det ene medlem klappede ham på skulderen mens det andet sagde: "Jeg ville have skidt søm, hvis det var mig. Jeg er Ib, det er Niels." De hilste kort på hinanden.

"Hvor er Boris?" spurgte Jan, "jeg har en høne at plukke med ham!"

"Han er gået på toilettet" sagde Niels.

Jan mærkede hvor træt han egentlig var og besluttede sig for at Boris kunne få klø en anden gang.

"I har set mig bestå prøven. Jeg er træt og vil hjem nu. Vi ses" sagde han og begyndte at gå.

Weekenden gik uden de store begivenheder. Jan havde næsten glemt, hvad der var sket fredag aften, og da han så, hvor frygtind- gydende Boris egentlig så ud i dagslys, opgav han at få hævn. Fingeren var alligevel snart helet.

Ib var god til matematik, og han hjalp Jan med lektierne. Jan syntes det lige pludselig var blevet nemt at lave dem, og han havde også nogle gange ønsket, han selv var lidt bedre til faget. Det hele syntes at gå meget nemmere nu.

Jans far købte nogle gange en lottokupon.
Den lørdag aften havde han gjort det, for der
var ikke nogen, der havde haft syv rigtige i
umindelige tider. Gevinsten var oppe på 40
millioner kroner.
Jan ville aldrig glemme det blik i sine
forældres øjne, da de fandt ud af, at de
havde vundet pengene.
Moderen dansede rundt i lejligheden og
pillede billeder ned af væggene. Faderen
hoppede rundt som en eller anden kanin.
Han åbnede døren ud til altanen og råbte op
om champagne, limousiner og fyrværkeri.
Tilsidst lå de begge to på gulvet og grinede
af hinanden.
"Du, min søn, du skal have 1/4 af præmien!
Jeg sætter ti millioner ind på din børneop-
sparing på mandag!"
"Wauv! Ti millioner! Men hov! Var det ikke..."
Jo, det var det beløb, han havde ønsket sig
ude på kirkegården den nat for næsten en
uge siden.
Måske var det bare et tilfælde.
"En hest! En hest! Jeg vil have en hest!"
råbte hans lillesøster.
" Joan, du kan få alle de heste, du vil have!
Vi er millionærer nu!" sagde faderen.
Moderen åbnede en flaske champagne, og
naboerne blev inviteret ind til fest. De kom
ikke i seng før ved solopgang søndag

morgen.
Jan syntes alligevel det var lidt skræmmende.

Alle hans klassekammerater havde hørt nyheden, og i skolen fik han en masse unødvendig opmærksomhed. Han ville egentlig helst være alene.
Da han om var sammen med kliken om eftermiddagen, sagde han: "Jeg synes det var et fedt nummer, det I lavede med mig sidste fredag."
"Hvad? Det der med kirken?" spurgte Boris.
"Ja, men også alt det andet. Jeg blev godt nok sur, da du snittede mig i fingeren med din lommekniv, men det var en overfed forklædning! Og din stemme, mand! Hvor længe havde du øvet dig?"
"Jeg har ikke skåret dig! Hvad snakker du om? Vi så dig gå rundt om kirken, også skete der ikke mere. Jeg gik på toilettet lige efter, for det var hårdt tiltrængt."
Jan så rådvild omkring sig: "Niels? Ib? I var da der..."
"Ja, men vi så heller ikke noget usædvanligt. Vi blev trætte af at stå og stirre op mod kirken bagefter, så vi stod lidt og diskuterede vores fysikprøve, inden vi gik op til dig."
"OK, OK!" Jan lukkede sine øjne og sagde: "Jeg ønsker mig en cheeseburger fra McDonalds!"
I samme øjeblik bankede det på døren. Ibs

mor stod ude på gangen.

"Peter kan ikke spise op. Er der nogen af jer, der vil have hans burger? Den er med ost."

"Er den fra McD?" spurgte Ib.

"Ja, vi fik mad udefra i dag" sagde moderen. Drengene stirrede på hinanden et kort øjeblik. Jan brød tavsheden: "Det var nok bare et sammentræf... Lad mig nu se... Jeg ønsker, at det begynder at regne herinde i værelset!"

Langsomt begyndte små totter af mørkt vat at samle sig over deres hoveder. De kiggede forbløffede op i loftet, da totterne samlede sig og dækkede for den nøgne pære, der var den eneste lyskilde derinde. De første dråber faldt, da skyerne var store nok til et voldsomt skybrud.

"Få det til at stoppe!" skreg Ib, "mit ryatæppe bliver ødelagt!"

Over uvejrets rumlen råbte Jan: "Jeg ønsker at regnvejret stopper nu!" Regnen holdt inde, og snart så værelset normalt ud igen.

Ingen sagde noget. Jan sad og kiggede fortvivlet ned i gulvet.

# SPØGELSESTOGET

Der var tivoli i byen, og Mads og Lasse gik
og kiggede på alle forlystelserne.
"Kom, lad os prøve spinderokken!" sagde
Lasse. "Nej, ikke nu" svarede Mads, "jeg vil
først have en candyfloss".
Mens de for tredje gang gik rundt i tivoliet,
udbrød Lasse: "Se! Derovre i hjørnet!"
Mads kiggede op fra sin candyfloss og fik øje
på banen. De havde ikke set den før.
"Det var da mærkeligt" sagde han, "den var
da her ikke, da vi gik forbi sidste gang. Eller
sidste gang igen!"
"Måske har vi bare overset den" sagde
Lasse og begyndte at gå hen imod den.
Den lå et lille stykke fra de andre forlystelser.
"SPØGELSESTOGET" stod der med store,
klodsede bogstaver ovenover den.
Facaden var udsmykket med monstre,
spøgelser, mumier, skeletter og edder-

30

kopper. En vogn med to skrigende piger i kom kørende omme bag et gitter, der skulle forestille et fængselsvindue, og drengene kunne høre en grum latter derindefra.

Mads var næsten færdig med sin candyfloss, de stillede sig begge bag i køen og fik snart plads i en skinnende, rød vogn med et grimt troldeansigt på. De bragede igennem to døre også gik turen nedad. Et monster sprang frem og skreg af dem, de fik spindelvæv i ansigterne, lys blinkede og flere monstre grinede. De kørte ind i en western-saloon og blev omringet af skydende lig i cowboytøj. Turen fortsatte med samme slags spøgerier, indtil de kørte igennem en stor slotsport og ud i det blændende sollys.

"Fedt!" sagde Mads, "jeg vil prøve igen."

"Ok. Jeg venter herude" sagde Lasse.

Da Mads satte sig op i vognen, ringede en klokke og en masse lys blinkede inde på skinnerne. "Tillykke!" sagde billetsælgeren, inden han satte vognen i gang, "du er vores passagerer nummer 5000, og det giver en ekstra gevinst."

Mads balrede ind gennem døren og han begyndte nedstigningen, mens en latter rungede over ham. Han mødte det første monster og fik igen spindelvæv i ansigtet. Da han havde været inde i saloonen, drejede vognen til venstre. Mads mente, han skulle have været til højre, men det var svært at orientere sig i halvmørket.

Der kom flere spøgelser frem, og nu kom han ind i en sal, hvorpå der var tegnet et slot og en fuldmåne. Slottet stod på nogle stejle klipper.

Her havde han da ikke været på første tur! Måske var det en del af den gevinst, billetsælgeren havde snakket om.

Nu fløj der flagermus frem fra loftet. De dukkede ned mod ham og slog imod hans hovede og overkrop, mens de skreg. Det var meget virkelighedstro! Mads syntes ikke det var sjovt og krympede sig sammen for at undgå dyrenes angreb.

Det varede en evighed inden vognen drejede rundt og fortsatte. Der var flere uhyrer, zombier og skeletter ude på gangen.

Mads kom til et nyt rum. Her var der ild, der slikkede op af væggene. Der var også utroligt varmt! Pludselig kom der en kæmpe-stor djævel med en trefork i hånden. Han grinede ondt, mens han prøvede at spidde Mads med treforken. Mads hoppede og sprang rundt i vognen for at undgå dens spidse tænder.

Mads var bange, og det her var i hvert fald ikke sjovt længere!

Endelig fortsatte vognen ud i gangen, der nu var fyldt med flere ulækre monstre, endda hovedløse væsener. Mads vendte sig om og kiggede væk, men blev lettet, da han så slotsporten. Nu var han snart ude.

Han var lige ved at græde, da han så at han

var tilbage i saloonen. Ligene begyndte at
skyde igen, og et af skuddene borede sig ind
i vognen.

Mads kravlede ned i bunden og lå dernede
og rystede. Han blev liggende, da vognen
kørte ud og begav sig videre mod rummet
med flagermusene.

# EN NY NABO

Camilla kiggede ud af køkkenvinduet. Hun kunne se lige over til nabohuset, der nu var ved at være tomt. Hvor ville hun dog komme til at savne Tina! De havde været bedste veninder siden børnehaven. Men Tinas far havde fået arbejde helt oppe i den anden ende af landet, så de var nødt til at flytte. Godt, de kunne skrive sammen. Hvem ved, måske ville hun finde en ny, god kammerat i fald en jævnaldrende pige flyttede ind? Camilla vinkede til Tina, da de kørte afsted for sidste gang. Hun vendte om og gik ind for at lave sine lektier.

Den næste morgen kastede Camilla længselsfulde blikke ind i Tinas gamle værelse. Hun kunne se hende for sig, klar til at tage i skole sammen med hende.

Men hov? Var der ikke noget, der bevægede sig derinde? Det var svært at se i det blege morgenlys.

Skoledagen gik hurtigt, selv om Tina ikke var der længere.

Da Camilla kom hjem, lagde hun mærke til at der nu var hængt lagener op i hvert eneste vindue i Tinas gamle hus. *Sorte* lagener.

Havde hun allerede fået nye naboer? Det var da en mærkværdig farve, de havde valgt til lagenerne.

Hun havde ikke hørt eller set nogen flyttebil, og der havde heller ikke nogen anden aktivitet, der ellers plejer at være i forbindelse med en sådan begivenhed.

Måske var det bare sket, mens hun havde været i skole.

Dagene gik, og Camilla havde stadig ikke fået et glimt af de nye naboer. Hun kiggede af og til hen imod huset, men der lod til at være så tyst. Hver gang hun nærmede sig det, følte hun sig utilpas og havde mest lyst til at vende om. Der var sådan en trist og tung stemning omkring det, nærmest farlig? Eller ...død?

Men hun var også nysgerrig. Hvem var de? Hvorfor havde hun ikke set dem endnu? Havde de natarbejde? Hvornår hængte de gardiner op?

Et par nætter senere hørte hun et brag, og

da hun kiggede ned i haven, så hun en høj person med en kappe på, løbe fra den væltede grill. Han var hurtigt væk. Han var der kun nogle ganske få sekunder, og var så forsvundet ind mod nabohuset.

Camilla var lidt forvirret. Hvorfor havde han kappe på? Var der en eller anden, der rendte rundt og legede superhelt om natten? Der fandtes mange mærkelige mennesker derude!

Som tiden gik, begyndte Camilla at føle sig ret ensom. Hun havde stadig sine andre veninder, men det ville aldrig blive helt det samme uden Tina. Hun var den, hvis selskab var det bedste og allersjoveste.

Det var søndag. Camilla var træt og gik tidligt i seng. Hun faldt hurtigt i søvn men vågnede nogle timer senere, da hun hørte en puslen i værelset. Den døde dog hurtigt hen, og Camilla lå og smådøsede igen. Lige indtil hun mærkede en skarp smerte i sin hals.

Hun gik ud på badeværelset for at se, hvad det var, der havde bidt hende og opdagede, til sin væmmelse, to små huller, sat med få centimeters mellemrum. Hun var konfus og kunne ikke lige umiddelbart finde ud af, hvor det kom fra, så hun slukkede lyset og gik tilbage til sit værelse.

Derinde sad en pige på hendes seng.

Camilla skreg, og pigen tog flugten.
I stedet kom hendes forældre løbende:
"Hvad sker der, tøs? Hvorfor hyler du
sådan?"
"Der sad en pige på min seng! Hun havde
sådan et gennemtrængende blik! Hun..."
"Så, så" sagde hendes mor "her er ikke
nogen. Det er sikkert bare noget, du har
drømt. Kom hellere i seng igen."
Camillas hjerte hamrede afsted da hun lagde
sig under dynen, og det varede længe, inden
hun faldt helt til ro.

Næste morgen sagde faderen: "Du ser
frygtelig bleg ud, Camilla. Tror du ikke, du
skal blive hjemme fra skole i dag? Der er jo
denne her influenza epidemi, der florerer i
øjeblikket."
Men Camilla ville i skole, selv om hun knapt
nok kunne få sin morgenmad ned, og selv
om hun følte sig særdeles sløj og
uopmærksom. De skulle arbejde videre med
deres projektopgave om spøgelser.

"Det mest berømte spøgelse er nok den
hvide dame, der går igen ved midnatstid
hver nytårsaften. Hun er bleg som et lagen
og vandrer op og ned af trappen mellem
første- og andensalen."
Sophie skubbede lidt til Camilla, da Bent
havde læst op af bogen, og smilede skævt.
De andre havde også sagt, at hun så bleg

ud. Skulle hun alligevel været blevet hjemme?

Hun havde taget et tørklæde på. Det skjulte de to bidemærker.

I spisefrikvarteret gik hun hjem. Hun havde det skidt og havde ikke spist noget hele dagen.

Solen brød igennem skydækket og Camilla kneb øjnene sammen. Hun syntes lyset var så skarpt. Hun blev næsten blændet. Det var mærkeligt, for hun havde altid elsket solrige dage og kunne slet ikke få nok af sommer! Skyerne gled ind foran solen og Camilla fortsatte.

Da hun var ved at være hjemme, så hun nogen stå ude foran nabohuset. Det var pigen, der havde været inde på hendes værelse natten før. Camilla ville lige pludselig løbe hjem og gemme sig, men hun havde ingen kræfter. Hun var så svag.

"Undskyld hvis jeg forskrækkede dig sidste nat, jeg ville bare præsentere mig selv: Jeg hedder Elvira og er lige flyttet ind i nabohuset med mine forældre og min lillebror. Vi to skal nok blive rigtigt gode venner.

Du bliver frisk igen, når du har været ude at drikke noget blod" sagde hun, inden hun blottede sine tænder i et stort smil og afslørede to skarpe hjørnetænder.

# 3

## OPSTANDEN FRA DE DØDE

Allan og Albert havde fundet en bog. Den var fyldt med besværgelser og mystiske formler, og den så rigtig spændende ud.
Albert havde været inde i antikvitetsbutikken sammen med Allan, og de fik øje på den nede i en skraldespand. Det var Albert, der så den først. De syntes begge to, det var mærkeligt at den var blevet kasseret, for den så næsten helt ny ud. Den var hel og ikke særlig beskidt. Der var guld på kanten af siderne. Albert tog den op og gemte den under jakken og de gik ud i baggården og gemte sig med deres fund.
"Se!" sagde Allan, "her er en besværgelse, der kan forvandle en hvilken som helst genstand til en frø!"

40

De gik ud på gaden og Allan stillede sig foran en grøn Volvo og begyndte at messe. Albert fnes af ham, for det så sjovt ud, sådan som han stod og fægtede med arme og ben. Han afsluttede med ordene: "Kazam abam!" Der skete ingenting. Allan stod længe stille og kiggede på bilen, men Volvoen forblev en Volvo.

"Øv" sagde han og tog armene ned.

Han kiggede på Albert, der trak på skuldrene, og de begyndte at gå hjemad. Albert beholdt alligevel bogen. Han syntes den var spændende at læse i, og de fantasifulde illustrationer var meget livagtige. På nogle af de sidste sider var der en vejledning til, hvordan man kunne vække de døde til live. Albert læste den.

Han havde aldrig fået sagt rigtigt farvel til sin mormor, der lige pludselig var faldet død om en dag. Der var aldrig nogen, der fandt ud af hvorfor. Obduktionen havde ikke givet noget konkret svar. Hun havde ellers været sund og rask. Hvor ville det var rart, hvis han kunne sige til hende, hvor højt han egentlig elskede hende!

Han besluttede sig for at samle de ting, han skulle bruge til ritualet, også gå i gang.

Da han stod ude på kirkegården den aften og var begyndt at smide aske omkring sig, begyndte det at regne. Inden længe blev vandet pisket ind imod ham af voldsomme vindstød, og han kunne se lyn glimte i det fjerne. Der hørtes en svag buldren af torden. Albert gjorde som bogen foreskrev, trods det at det kostede ham mange kræfter. Han var sikker på, at han nok skulle blive forkølet efter den omgang.

Da han var færdig. krøb han i ly bag et træ. Han ventede i et kvarter, og der skete ingenting, udover at uvejret rasede videre. Han gik hjem. Det var koldt og han var træt, så med regnens trommen imod vinduet, faldt han ind i en drømmeløs søvn.

Han vågnede, da de første solstråler ramte ham i ansigtet. Hvorfor havde vækkeuret ikke ringet?

Han sprang ud af sengen og løb ind for at vække sine forældre.

Mens moderen lavede morgenmad, gik han ud på badeværelset. Der havde været strømafbrydelse, og den var der endnu ikke blevet rettet op på, så faderen kunne ikke høre nyheder her til morgen.

Albert havde næsten glemt alt om gårsdagens besøg på kirkegården. Der var ikke kommet nogen døde mennesker op af gravene, så det var nok ligesom med Volvoen; det virkede ikke. Bogen var bare blevet skrevet som ren og skær under-holdning.

Efter morgenmaden hoppede han op på cyklen og begyndte at køre ind til skolen. Om sommeren var vejret godt nok til det, der var kun fem kilometer. Han kunne godt nå det.

Da han nærmede sig bygrænsen, så han noget mærkeligt noget. En mand i laset tøj sad på hug og gravede i jorden med de bare næver. Ved siden af ham lå en død hund. Det så ud som om den havde fået halsen bidt over.

Albert trampede hårdere i pedalerne og kom om på den anden side af købmandens parkeringsplads. Her sad en gammel dame med hvidt hår ud til alle sider og gnavede i et ben.

Hvad var det her for noget? Han skyndte sig forbi, for det var da for ulækkert at se på.

Først nu lagde han mærke til, hvor stille der var i byen. Han var faktisk den eneste, der kørte rundt på noget transportmiddel overhovedet, og han havde ikke mødt andre mennesker end dem, der nu vandrede rundt som om de alle var fulde.

Han fik øje på en større gruppe lige udenfor skolens indgang. Mændene havde lasede, mølædte habitter på, og damerne var klædt i gamle kjoler i alle mulige farver. De var allesammen beskidte, og orme lå og vred sig i deres øjenhuler eller de sår, de havde forskellige steder på kroppen. De var rådnede op og havde skeletdele stikkende ud fra tøjet. Det var simpelthen de lig, han havde vækket til live i går!

Albert undertrykte et skrig og sprang op på cyklen igen. Da han prøvede at sætte farten op, mødte han modstand. Han vendte sig om og så lige ind i et grinende kranium, der havde boret sine skeletfingre ind i hans taske.

Det var umuligt at se, hvor gammel manden havde været, da han døde, men han havde været hurtig til bens. Albert tog tasken af bagagebæreren og kastede den så langt væk som muligt. Han hørte et højt knæk og tasken fløj afsted med skelettets underarm hængende derpå.

Han racede afsted, ud af byen, og mødte igen den gamle dame, der havde siddet og gnavet på benet. Det ben var Allans, for han lå lidt længere henne af gaden. Albert opdagede ham som han lå der, med halsen bidt over.

## SANDSYNLIGHEDSREGNING

"Av! Hold op med det!" råbte Mette, da Tobias for tredje gang trak hende i fletningen. Drengene løb rundt i klassen og kastede papirstumper efter hinanden, mens Vera og Gunhild igen var kommet op at slås. Kort sagt: Der var en forfærdelig larm. Det havde ringet ind for syv minutter og tre og tredive sekunder siden, og læreren var ikke kommet endnu.

Otto kiggede på sit nye digitalur. Han havde fået det i julegave og han var rigtig glad for det. Det kunne ikke kun vise klokkeslæt, men også dato, vejrudsigt, luftfugtighed og temperatur. Han kunne stille på det, så det kunne bruges som stop- og minutur.

"Såååå! Kan vi få ro i klassen!" brølede en

dyb stemme henne fra døren. Klokken var halv to. Læreren var kommet, ti minutter for sent.

Som ved et trylleslag holdt hver især inde med deres aktiviteter og luskede hen til deres pladser. Otto mærkede forandringen og nød den pludselige stilhed.

"Tak! Kristian, vil du lige viske tavlen ren? I andre tager jeres bog og slår op på side 14."

Åh, sandsynlighedsregning. Normalt kunne Otto godt lide at have matematik, men han var ikke specielt vild med lige det emne.

Han kiggede op på læreren, der så en anelse bleg ud. Det var januar måned, så måske var han bare forkølet.

"Jeg har en blå bil og kører hen ad motorvejen med 110 kilometer i timen. Hvor stor er sandsynligheden for at jeg kører galt, hvis der ligger is på henholdsvis 10 meter til højre for mig og 25 meter lige frem for mig?"

Otto syntes det var et mærkeligt eksempel at komme med, og han fornemmede også en vis uro blandt sine kammerater.

"Stille!" råbte læreren, da der blev hvisket rundt omkring i krogene.

"OK, vi fortsætter. Foran mig kører en lastbil, som jeg ikke kan overhale. Nu gennemgår jeg lige et eksempel til..."

Mens han snakkede om sandsynligheden for at køre op i lastvognen, når det samtidig var meget glat på kørebanen, lagde Otto mærke til at det var begyndt at sne meget kraftigt.

Man kunne slet ikke se noget udenfor.

"I får en lille opgave med hjem til næste gang. Løs den så godt I kan og tænk på nogle af de eksempler, jeg har givet."

Mette holdt sig for næsen, da læreren gik forbi, og det med god grund. Han stank langt væk! Havde han glemt at tage bad i morges?

Læreren gik op til bordet, tog sin taske og sagde: "Det var sidste time. Jeg glæder mig til at se jer igen." Han forsvandt ud af døren, og Otto begyndte at pakke sine bøger sammen. Hvor skulle det blive godt at komme hjem!

Da han kom i skole næste dag, var flaget på halv.

Skoleinspektøren havde dårligt nyt: "Jeres matematiklærer er død. Han kørte til byen i sin fritime i går, lige inden I skulle have ham i sidste time. Ja, der var så meget kaos, at vi slet ikke nåede at give jer besked."

Eleverne kiggede nervøst på hinanden.

"Hva-hvad skete der?" spurgte Eskild.

Inspektøren rømmede sig og holdt en kort pause inden han sagde: "Han mistede herredømmet over sin bil klokken 13.20 og skred ud i det glatte føre. Han røg lige op i bagenden af en lastbil."

# SYG I HOVEDET

Huset lå på en stor bakketop og fra stuens panoramavinduer havde man udsigt ud over skove, søer, og på højre side, stranden.
Tim vidste allerede, at han ville komme til at elske det! Han hjalp sin far med at bære kommoden ind i entréen inden han løb op med nogle småting til sit eget værelse.
Herfra kunne han se haven og de lyserøde kirsebærtræer, der nu stod i fuldt flor. Omme bag hegnet stod køer og græssede på de grønne marker.

"Her er vores nye elev" sagde Tims klasselærer den næste dag, "tag godt imod ham. Sæt dig ned i hjørnet ved siden af Susanne, Tim."
Susanne var en stor pige, der bar briller og

havde fregner i hele ansigtet. Hendes lyse hår hang løst ned over skuldrene og de isblå øjne kiggede nysgerrigt på Tim, da han kom ned og satte sig ved siden af hende.

"Nå... Hvor bor du så nu?" spurgte hun.

"Jeg flyttede fra Kandeby og bor nu på Ternevænget 17. Huset er rigtigt stort og man har alletiders udsigt fra vinduerne. Det er så fedt!"

"Ternevænget..." sagde Susanne efter-tænksomt. "Jeg synes jeg har hørt noget om det kvarter... Nå, det kan jeg ikke huske! Har du nogen søskende?"

Tim havde en god dag i skolen, og den aften kom han hjem med mange nye telefonnumre på sin mobil.

Efter et stykke tid begyndte katten at opføre sig mærkeligt.

Den gik i en stor bue udenom pejsen, og når det blev mørkt, var den helt umulig. Den lå på toppen af bogreolen og hvæsede hver gang, der var nogen, der gik forbi. Den gad ikke komme ned før det begyndte at gry udenfor.

Om natten vågnede Tim og var sikker på at kunne mærke en vægt på sin mave, ligesom om der var nogen, der sad på ham. Den forsvandt altid få sekunder efter han var kommet til sig selv.

"Nå" sagde Susanne en dag i skolen, "jeg har fundet ud af, hvad der var med Terne-vænget. Der har ligget adskillige hospitaler og sindssygeanstalter i det område. Det har ry for at være hjemsøgt!"
" Jeg tror altså ikke på spøgelser" svarede Tim hende.

Et par nætter senere vågnede han igen, denne gang med fornemmelsen af at blive kvalt.
Han rakte ud for at tænde lampen og sad længe i sengen imens han langsomt fik vejret og styr på sig selv.
Det var ren indbildning. Det måtte det være. Han var bare meget træt.

Da det samme skete for ham for fjerde nat i træk, kom han til at tænke på hvad Susanne havde sagt. Hun havde ikke nævnt det siden, men måske ville det være en god ide at få det gået efter i sømmene.
Hans forældre var upåvirkede af hvad han oplevede og ville nok slå det hen som fantasi og stress, i fald han nævnte det for dem. De troede nemlig heller ikke på spøgelser.
De skulle snart holde en lille indflytterfest for venner og bekendte.
Han ville gå på internettet i morgen og lede efter informationer. Det besluttede han sig for imens han hørte katten ligge og hvæse ovenpå reolen inde i stuen.

"Ternevænget 17." Tim skrev sin adresse i søgefeltet, og alle Ternevænger i hele Danmark kom frem. Han fandt hurtigt den rigtige by.

Der dukkede navne op på forskellige bygherrer, byggestile, årstal og firmaer. Alt sammen kedeligt at læse om. Længere nede på siden stod der dog noget, der virkede interessant:

"Bygningen blev fra 1903 til 1966 brugt som hospital for sindslidende."

Nedenunder var et billede af huset, taget ude fra gaden. Det lignede meget godt, bortset fra at de to lange, vestvendte fløje nu var blevet revet ned.

Så skrev forfatteren igen noget om år og personer og begivenheder. Tim sprang let og elegant hen over, indtil han kom til noget med patienter:

"Emily Petersen var en tyk, meget uregerlig kvinde, indlagt på hospitalet på grund af vrangforestillinger og forfølgelsesvanvid. Det berygtedes at hun dyrkede hekseritualer og sort magi foran pejsene i stuerne og hun skulle tillige have brændt et spædbarn i en af dem. Før ritualerne lagde hun altid en bibel, vendt på hovedet, ind i den pejs hun havde udset sig.

Endvidere skulle hun have slået flere unge mænd ihjel ved at snige sig ind til dem om natten, sætte sig ovenpå dem og kvæle dem.

Der var dog intet hold i disse rygter."

Tim sank. Kunne det virkelig være...

Hans tanker blev afbrudt af katten, der nu larmede værre end nogensinde før. Han løb ind i stuen og tændte lyset. Katten, der lå på sin sædvanlige plads på reolen, skød ryg og viste tænder samtidig med at spyttet fløj ud til alle sider. Den hvæste og peb og miavede på en gang og så ud til at være i allerhøjeste alarm-beredskab.

Tim kastede et blik ind i pejsen. Den bibel, han havde fået til sin konfirmation stod på hovedet derinde.